Heinrich von Kleist

Das Erdbeben in Chili

LIWI

LITERATUR- UND WISSENSCHAFTSVERLAG

Bibliografische Information der Deutschen Nationalbibliothek
Die Deutsche Nationalbibliothek verzeichnet diese Publikation in der Deutschen Nationalbibliografie;
detaillierte bibliografische Daten sind im Internet über http://dnb.dnb.de abrufbar.

Heinrich von Kleist
Das Erdbeben in Chili
Erstdruck in den „Erzählungen", Reimer, Berlin 1810/11 (2 Bde.).
Vollständige Neuausgabe, Göttingen 2024.
Mit einer Abbildung des Autors (S. 23)
Umschlaggestaltung und Buchsatz: LIWI Verlag
LIWI Literatur- und Wissenschaftsverlag
Thomas Löding, Bergenstr. 3, 37075 Göttingen
Internet: liwi-verlag.de | Instagram: instagram.com/liwiverlag | Facebook: facebook.com/liwiverlag
Druck: Libri Plureos GmbH, Friedensallee 273, 22763 Hamburg
ISBN: 978-3-96542-844-7

In St. Jago, der Hauptstadt des Königreichs Chili, stand gerade in dem Augenblicke der großen Erderschütterung vom Jahre 1647, bei welcher viele tausend Menschen ihren Untergang fanden, ein junger, auf ein Verbrechen angeklagter Spanier, namens *Jeronimo Rugera*, an einem Pfeiler des Gefängnisses, in welches man ihn eingesperrt hatte, und wollte sich erhenken. *Don Henrico Asteron*, einer der reichsten Edelleute der Stadt, hatte ihn ungefähr ein Jahr zuvor aus seinem Hause, wo er als Lehrer angestellt war, entfernt, weil er sich mit *Donna Josephe*, seiner einzigen Tochter, in einem zärtlichen Einverständnis befunden hatte. Eine geheime Bestellung, die dem alten Don, nachdem er die Tochter nachdrücklich gewarnt hatte, durch die hämische Aufmerksamkeit seines stolzen Sohnes verraten worden war, entrüstete ihn dergestalt, daß er sie in dem Karmeliterkloster unsrer lieben Frauen vom Berge daselbst unterbrachte.

Durch einen glücklichen Zufall hatte Jeronimo hier die Verbindung von neuem anzuknüpfen gewußt, und in einer verschwiegenen Nacht den Klostergarten zum Schauplatze seines vollen Glückes gemacht. Es war am Fronleichnamsfeste, und die feierliche Prozession der Nonnen, welchen die Novizen folgten, nahm eben ihren Anfang, als die unglückliche Josephe, bei dem Anklange der Glocken, in Mutterwehen auf den Stufen der Kathedrale niedersank.

Dieser Vorfall machte außerordentliches Aufsehn; man brachte die junge Sünderin, ohne Rücksicht auf ihren Zustand, sogleich in ein Gefängnis, und kaum war sie aus den Wochen erstanden, als ihr schon, auf Befehl des Erzbischofs, der geschärfteste Prozeß gemacht ward. Man sprach in der Stadt mit einer so großen Erbitterung von diesem Skandal, und die Zungen fielen so scharf über das ganze Kloster her, in welchem er sich zugetragen hatte, daß weder die Fürbitte der Familie Asteron, noch auch der Wunsch der Äbtissin selbst, welche das junge Mädchen wegen ihres sonst untadelhaften Betragens liebgewonnen hatte, die Strenge, mit welcher das klösterliche Gesetz sie bedrohte, mildern konnte. Alles, was geschehen konnte, war, daß der Feuertod, zu dem sie verurteilt wurde, zur großen Entrüstung der Matronen und Jungfrauen von St. Jago, durch einen Machtspruch des Vizekönigs, in eine Enthauptung verwandelt ward.

Man vermietete in den Straßen, durch welche der Hinrichtungszug gehen sollte, die Fenster, man trug die Dächer der Häuser ab, und die frommen Töchter der Stadt luden ihre Freundinnen ein, um dem Schauspiele, das der göttlichen Rache gegeben wurde, an ihrer schwesterlichen Seite beizuwohnen.

Jeronimo, der inzwischen auch in ein Gefängnis gesetzt worden war, wollte die Besinnung verlieren, als er diese ungeheure Wendung der Dinge erfuhr. Vergebens sann er auf Rettung: überall, wohin ihn auch der Fittig der vermessensten Gedanken trug, stieß er auf Riegel und Mauern, und ein Versuch, die Gitterfenster zu durchfeilen, zog ihm, da er entdeckt ward, eine nur noch engere Einsperrung zu. Er warf sich vor dem Bildnisse der heiligen Mutter Gottes nieder, und betete mit unendlicher Inbrunst zu ihr, als der einzigen, von der ihm jetzt noch Rettung kommen könnte.

Doch der gefürchtete Tag erschien, und mit ihm in seiner Brust die Überzeugung von der völligen Hoffnungslosigkeit seiner Lage. Die Glocken, welche Josephen zum Richtplatz begleiteten, ertönten, und

Verzweiflung bemächtigte sich seiner Seele. Das Leben schien ihm verhaßt, und er beschloß, sich durch einen Strick, den ihm der Zufall gelassen hatte, den Tod zu geben. Eben stand er, wie schon gesagt, an einem Wandpfeiler und befestigen den Strick, der ihn dieser jammervollen Welt entreißen sollte, an eine Eisenklammer, die an dem Gesimse derselben eingefugt war; als plötzlich der größte Teil der Stadt, mit einem Gekrache, als ob das Firmament einstürzte, versank, und alles, was Leben atmete, unter seinen Trümmern begrub. Jeronimo Rugera war starr vor Entsetzen; und gleich als ob sein ganzes Bewußtsein zerschmettert worden wäre, hielt er sich jetzt an dem Pfeiler, an welchem er hatte sterben wollen, um nicht umzufallen. Der Boden wankte unter seinen Füßen, alle Wände des Gefängnisses rissen, der ganze Bau neigte sich, nach der Straße zu einzustürzen, und nur der, seinem langsamen Fall begegnende, Fall des gegenüberstehenden Gebäudes verhinderte, durch eine zufällige Wölbung, die gänzliche Zubodenstreckung desselben. Zitternd, mit sträubenden Haaren, und Knieen, die unter ihm brechen wollten, glitt Jeronimo über den schiefgesenkten Fußboden hinweg, der Öffnung zu, die der Zusammenschlag beider Häuser in die vordere Wand des Gefängnisses eingerissen hatte.

Kaum befand er sich im Freien, als die ganze, schon erschütterte Straße auf eine zweite Bewegung der Erde völlig zusammenfiel. Besinnungslos, wie er sich aus diesem allgemeinen Verderben retten würde, eilte er, über Schutt und Gebälk hinweg, indessen der Tod von allen Seiten Angriffe auf ihn machte, nach einem der nächsten Tore der Stadt. Hier stürzte noch ein Haus zusammen, und jagte ihn, die Trümmer weit umherschleudernd, in eine Nebenstraße; hier leckte die Flamme schon, in Dampfwolken blitzend, aus allen Giebeln, und trieb ihn schreckenvoll in eine andere; hier wälzte sich, aus seinem Gestade gehoben, der Mapochofluß auf ihn heran, und riß ihn brüllend in eine dritte. Hier lag ein Haufen Erschlagener, hier ächzte noch eine Stimme unter dem Schutte, hier schrieen Leute von brennenden Dächern herab, hier kämpften Menschen und Tiere mit den Wellen, hier war ein mutiger Retter bemüht, zu helfen; hier stand ein anderer, bleich wie der Tod, und streckte sprachlos zitternde Hände zum Himmel. Als Jeronimo das Tor erreicht, und einen Hügel jenseits desselben bestiegen hatte, sank er ohnmächtig auf demselben nieder.

Er mochte wohl eine Viertelstunde in der tiefsten Bewußtlosigkeit gelegen haben, als er endlich wieder erwachte, und sich, mit nach der Stadt gekehrtem Rücken, halb auf dem Erdboden erhob. Er befühlte sich Stirn und Brust, unwissend, was er aus seinem Zustande machen sollte, und ein unsägliches Wonnegefühl ergriff ihn, als ein Westwind, vom Meere her, sein wiederkehrendes Leben anwehte, und sein Auge sich nach allen Richtungen über die blühende Gegend von St. Jago hinwandte. Nur die verstörten Menschenhaufen, die sich überall blicken ließen, beklemmten sein Herz; er begriff nicht, was ihn und sie hiehergeführt haben konnte, und erst, da er sich umkehrte, und die Stadt hinter sich versunken sah, erinnerte er sich des schrecklichen Augenblicks, den er erlebt hatte. Er senkte sich so tief, daß seine Stirn den Boden berührte, Gott für seine wunderbare Errettung zu danken; und gleich, als ob der eine entsetzliche Eindruck, der sich seinem Gemüt eingeprägt hatte, alle früheren daraus verdrängt hätte, weinte er vor Lust, daß er sich des lieblichen Lebens, voll bunter Erscheinungen, noch erfreue.

Drauf, als er eines Ringes an seiner Hand gewahrte, erinnerte er sich plötzlich auch Josephens, und mit ihr seines Gefängnisses, der Glocken, die er dort gehört hatte, und des Augenblicks, der dem Einsturze desselben vorangegangen war. Tiefe Schwermut erfüllte wieder seine Brust; sein Gebet fing ihn zu reuen an, und fürchterlich schien ihm das Wesen, das über den Wolken waltet. Er mischte sich unter das Volk, das überall, mit Rettung des Eigentums beschäftigt, aus den Toren stürzte, und wagte schüchtern nach der Tochter Asterons, und ob die Hinrichtung an ihr vollzogen worden sei, zu fragen; doch niemand war, der ihm umständliche Auskunft gab. Eine Frau, die auf einem fast zur Erde gedrückten Nacken eine ungeheure Last von Gerätschaften und zwei Kinder, an der Brust hängend, trug, sagte im Vorbeigehen, als ob sie es selbst angesehen hätte: daß sie enthauptet worden sei. Jeronimo kehrte sich um; und da er, wenn er die Zeit berechnete, selbst an ihrer Vollendung nicht zweifeln konnte, so setzte er sich in einem einsamen Walde nieder, und überließ sich seinem vollen Schmerz. Er wünschte, daß die zerstörende Gewalt der Natur von neuem über ihn einbrechen möchte. Er begriff nicht, warum er dem Tode, den seine jammervolle Seele so suchte, in jenen Augenblicken, da er ihm freiwillig von allen Seiten rettend erschien, entflohen sei. Er nahm sich fest vor, nicht zu wanken, wenn auch jetzt die Eichen entwurzelt werden, und ihre Wipfel über ihn zusammenstürzen sollten. Darauf nun, da er sich ausgeweint hatte, und ihm, mitten unter den heißesten Tränen, die Hoffnung wieder erschienen war, stand er auf, und durchstreifte nach allen Richtungen das Feld. Jeden Berggipfel, auf dem sich die Menschen versammelt hatten, besuchte er; auf allen Wegen, wo sich der Strom der Flucht noch bewegte, begegnete er ihnen; wo nur irgend ein weibliches Gewand im Winde flatterte, da trug ihn sein zitternder Fuß hin: doch keines deckte die geliebte Tochter Asterons. Die Sonne neigte sich, und mit ihr seine Hoffnung schon wieder zum Untergange, als er den Rand eines Felsens betrat, und sich ihm die Aussicht in ein weites, nur von wenig Menschen besuchtes Tal eröffnete. Er durchlief, unschlüssig, was er tun sollte, die einzelnen Gruppen derselben, und wollte sich schon wieder wenden, als er plötzlich an einer Quelle, die die Schlucht bewässerte, ein junges Weib erblickte, beschäftigt, ein Kind in seinen Fluten zu reinigen. Und das Herz hüpfte ihm bei diesem Anblick: er sprang voll Ahndung über die Gesteine herab, und rief: O Mutter Gottes, du Heilige! und erkannte Josephen, als sie sich bei dem Geräusche schüchtern umsah. Mit welcher Seligkeit umarmten sie sich, die Unglücklichen, die ein Wunder des Himmels gerettet hatte!

Josephe war, auf ihrem Gang zum Tode, dem Richtplatze schon ganz nahe gewesen, als durch den krachenden Einsturz der Gebäude plötzlich der ganze Hinrichtungszug auseinander gesprengt ward. Ihre ersten entsetzensvollen Schritte trugen sie hierauf dem nächsten Tore zu; doch die Besinnung kehrte ihr bald wieder, und sie wandte sich, um nach dem Kloster zu eilen, wo ihr kleiner, hülfloser Knabe zurückgeblieben war. Sie fand das ganze Kloster schon in Flammen, und die Äbtissin, die ihr in jenen Augenblicken, die ihre letzten sein sollten, Sorge für den Säugling angelobt hatte, schrie eben, vor den Pforten stehend, nach Hülfe, um ihn zu retten. Josephe stürzte sich, unerschrocken durch den Dampf, der ihr entgegenqualmte, in das von allen Seiten schon zusammenfallende Gebäude, und gleich, als ob alle Engel des Himmels sie umschirmten, trat sie mit ihm unbeschädigt wieder aus dem Portal hervor. Sie wollte der Äbtissin, welche die Hände über ihr Haupt zusammenschlug, eben in die Arme sinken, als diese, mit fast allen ihren Klosterfrauen, von einem herabfallenden Giebel des Hauses, auf eine schmähliche Art erschlagen ward. Josephe bebte bei diesem entsetzlichen Anblicke zurück; sie drückte der Äbtissin flüchtig die Augen zu, und floh, ganz von Schrecken erfüllt, den teuern Knaben, den ihr der Himmel wieder geschenkt hatte, dem Verderben zu entreißen.

Sie hatte noch wenig Schritte getan, als ihr auch schon die Leiche des Erzbischofs begegnete, die man soeben zerschmettert aus dem Schutt der Kathedrale hervorgezogen hatte. Der Palast des Vizekönigs war versunken, der Gerichtshof, in welchem ihr das Urteil gesprochen worden war, stand in Flammen, und an die Stelle, wo sich ihr väterliches Haus befunden hatte, war ein See getreten, und kochte rötliche Dämpfe aus. Josephe raffte alle ihre Kräfte zusammen, sich zu halten. Sie schritt, den Jammer von ihrer Brust entfernend, mutig mit ihrer Beute von Straße zu Straße, und war schon dem Tore nah, als sie auch das Gefängnis, in welchem Jeronimo geseufzt hatte, in Trümmern sah. Bei diesem Anblicke wankte sie, und wollte besinnungslos an einer Ecke niedersinken; doch in demselben Augenblick jagte sie der Sturz eines Gebäudes hinter ihr, das die Erschütterungen schon ganz aufgelöst hatten, durch das Entsetzen gestärkt, wieder auf; sie küßte das Kind, drückte sich die Tränen aus den Augen, und erreichte, nicht mehr auf die Greuel, die sie umringten, achtend, das Tor. Als sie sich im Freien sah, schloß sie bald, daß nicht jeder, der ein zertrümmertes Gebäude bewohnt hatte, unter ihm notwendig müsse zerschmettert worden sein.

An dem nächsten Scheidewege stand sie still, und harrte, ob nicht einer, der ihr, nach dem kleinen Philipp, der liebste auf der Welt war, noch erscheinen würde. Sie ging, weil niemand kam, und das Gewühl der Menschen anwuchs, weiter, und kehrte sich wieder um, und harrte wieder; und schlich, viel Tränen vergießend, in ein dunkles, von Pinien beschattetes Tal, um seiner Seele, die sie entflohen glaubte, nachzubeten; und fand ihn hier, diesen Geliebten, im Tale, und Seligkeit, als ob es das Tal von Eden gewesen wäre.

Dies alles erzählte sie jetzt voll Rührung dem Jeronimo, und reichte ihm, da sie vollendet hatte, den Knaben zum Küssen dar. - Jeronimo nahm ihn, und hätschelte ihn in unsäglicher Vaterfreude, und verschloß ihm, da er das fremde Antlitz anweinte, mit Liebkosungen ohne Ende den Mund. Indessen war die schönste Nacht herabgestiegen, voll wundermilden Duftes, so silberglänzend und still, wie nur ein Dichter davon träumen mag. Überall, längs der Talquelle, hatten sich, im Schimmer des Mondscheins, Menschen niedergelassen, und bereiteten sich sanfte Lager von Moos und Laub, um von einem so qualvollen Tage auszuruhen. Und weil die Armen immer noch jammerten; dieser, daß er sein Haus, jener, daß er Weib und Kind, und der dritte, daß er alles verloren habe: so schlichen Jeronimo und Josephe in ein dichteres Gebüsch, um durch das heimliche Gejauchz ihrer Seelen niemand zu betrüben. Sie fanden einen prachtvollen Granatapfelbaum, der seine Zweige, voll duftender Früchte, weit ausbreitete; und die Nachtigall flötete im Wipfel ihr wollüstiges Lied. Hier ließ sich Jeronimo am Stamme nieder, und Josephe in seinem, Philipp in Josephens Schoß, saßen sie, von seinem Mantel bedeckt, und ruhten. Der Baumschatten zog, mit seinen verstreuten Lichtern, über sie hinweg, und der Mond erblaßte schon wieder vor der Morgenröte, ehe sie einschliefen. Denn Unendliches hatten sie zu schwatzen vom Klostergarten und den Gefängnissen, und was sie um einander gelitten hätten; und waren sehr gerührt, wenn sie dachten, wie viel Elend über die Welt kommen mußte, damit sie glücklich würden!

Sie beschlossen, sobald die Erderschütterungen aufgehört haben würden, nach La Conception zu gehen, wo Josephe eine vertraute

Freundin hatte, sich mit einem kleinen Vorschuß, den sie von ihr zu erhalten hoffte, von dort nach Spanien einzuschiffen, wo Jeronimos mütterliche Verwandten wohnten, und daselbst ihr glückliches Leben zu beschließen. Hierauf, unter vielen Küssen, schliefen sie ein.

Als sie erwachten, stand die Sonne schon hoch am Himmel, und sie bemerkten in ihrer Nähe mehrere Familien, beschäftigt, sich am Feuer ein kleines Morgenbrot zu bereiten. Jeronimo dachte eben auch, wie er Nahrung für die Seinigen herbeischaffen sollte, als ein junger wohlgekleideter Mann, mit einem Kinde auf dem Arm, zu Josephen trat, und sie mit Bescheidenheit fragte: ob sie diesem armen Wurme, dessen Mutter dort unter den Bäumen beschädigt liege, nicht auf kurze Zeit ihre Brust reichen wolle? Josephe war ein wenig verwirrt, als sie in ihm einen Bekannten erblickte; doch da er, indem er ihre Verwirrung falsch deutete, fortfuhr: es ist nur auf wenige Augenblicke, Donna Josephe, und dieses Kind hat, seit jener Stunde, die uns alle unglücklich gemacht hat, nichts genossen; so sagte sie: »ich schwieg - aus einem andern Grunde, Don Fernando; in diesen schrecklichen Zeiten weigert sich niemand, von dem, was er besitzen mag, mitzuteilen«: und nahm den kleinen Fremdling, indem sie ihr eigenes Kind dem Vater gab, und legte ihn an ihre Brust. Don Fernando war sehr dankbar für diese Güte, und fragte: ob sie sich nicht mit ihm zu jener Gesellschaft verfügen wollten, wo eben jetzt beim Feuer ein kleines Frühstück bereitet werde? Josephe antwortete, daß sie dies Anerbieten mit Vergnügen annehmen würde, und folgte ihm, da auch Jeronimo nichts einzuwenden hatte, zu seiner Familie, wo sie auf das innigste und zärtlichste von Don Fernandos beiden Schwägerinnen, die sie als sehr würdige junge Damen kannte, empfangen ward.

Donna Elvire, Don Fernandos Gemahlin, welche schwer an den Füßen verwundet auf der Erde lag, zog Josephen, da sie ihren abgehärmten Knaben an der Brust derselben sah, mit vieler Freundlichkeit zu sich nieder. Auch Don Pedro, sein Schwiegervater, der an der Schulter verwundet war, nickte ihr liebreich mit dem Haupte zu. -

In Jeronimos und Josephens Brust regten sich Gedanken von seltsamer Art. Wenn sie sich mit so vieler Vertraulichkeit und Güte behandelt sahen, so wußten sie nicht, was sie von der Vergangenheit denken sollten, vom Richtplatze, von dem Gefängnisse, und der Glocke; und ob sie bloß davon geträumt hätten? Es war, als ob die Gemüter, seit dem fürchterlichen Schlage, der sie durchdröhnt hatte, alle versöhnt wären. Sie konnten in der Erinnerung gar nicht weiter, als bis auf ihn, zurückgehen. Nur Donna Elisabeth, welche bei einer Freundin, auf das Schauspiel des gestrigen Morgens, eingeladen worden war, die Einladung aber nicht angenommen hatte, ruhte zuweilen mit träumerischem Blicke auf Josephen; doch der Bericht, der über irgend ein neues gräßliches Unglück erstattet ward, riß ihre, der Gegenwart kaum entflohene Seele schon wieder in dieselbe zurück.

Man erzählte, wie die Stadt gleich nach der ersten Haupterschütterung von Weibern ganz voll gewesen, die vor den Augen aller Männer niedergekommen seien; wie die Mönche darin, mit dem Kruzifix in der Hand, umhergelaufen wären, und geschrieen hätten: das Ende der Welt sei da! wie man einer Wache, die auf Befehl des Vizekönigs verlangte, eine Kirche zu räumen, geantwortet hätte: es gäbe keinen Vizekönig von Chili mehr! wie der Vizekönig in den schrecklichsten Augenblicken hätte müssen Galgen aufrichten lassen, um der Dieberei Einhalt zu tun; und wie ein Unschuldiger, der sich von hinten durch ein brennendes Haus gerettet, von dem Besitzer aus Übereilung ergriffen, und sogleich auch aufgeknöpft worden wäre.

Donna Elvire, bei deren Verletzungen Josephe viel beschäftigt war, hatte in einem Augenblick, da gerade die Erzählungen sich am lebhaftesten kreuzten, Gelegenheit genommen, sie zu fragen: wie es denn ihr an diesem fürchterlichen Tag ergangen sei? Und da Josephe ihr, mit beklemmtem Herzen, einige Hauptzüge davon angab, so ward ihr die Wollust, Tränen in die Augen dieser Dame treten zu sehen; Donna Elvire ergriff ihre Hand, und drückte sie, und winkte ihr, zu schweigen. Josephe dünkte sich unter den Seligen. Ein Gefühl, das sie nicht unterdrücken konnte, nannte den verfloßnen Tag, so viel Elend er auch über die Welt gebracht hatte, eine Wohltat, wie der Himmel noch keine über sie verhängt hatte. Und in der Tat schien, mitten in diesen gräßlichen Augenblicken, in welchen alle irdischen Güter der Menschen zu Grunde gingen, und die ganze Natur verschüttet zu werden drohte, der menschliche Geist selbst, wie eine schöne Blume, aufzugehn. Auf den Feldern, so weit das Auge reichte, sah man Menschen von allen Ständen durcheinander liegen, Fürsten und Bettler, Matronen und Bäuerinnen, Staatsbeamte und Tagelöhner, Klosterherren und Klosterfrauen: einander bemitleiden, sich wechselseitig Hülfe reichen, von dem, was sie zur Erhaltung ihres Lebens gerettet haben mochten, freudig mitteilen, als ob das allgemeine Unglück alles, was ihm entronnen war, zu einer Familie gemacht hätte.

Statt der nichtssagenden Unterhaltungen, zu welchen sonst die Welt an den Teetischen den Stoff hergegeben hatte, erzählte man jetzt Beispiele von ungeheuern Taten: Menschen, die man sonst in der Gesellschaft wenig geachtet hatte, hatten Römergröße gezeigt; Beispiele zu Haufen von Unerschrockenheit, von freudiger Verachtung der

Gefahr, von Selbstverleugnung und der göttlichen Aufopferung, von ungesäumter Wegwerfung des Lebens, als ob es, dem nichtswürdigsten Gute gleich, auf dem nächsten Schritte schon wiedergefunden würde. Ja, da nicht einer war, für den nicht an diesem Tage etwas Rührendes geschehen wäre, oder der nicht selbst etwas Großmütiges getan hätte, so war der Schmerz in jeder Menschenbrust mit so viel süßer Lust vermischt, daß sich, wie sie meinte, gar nicht angeben ließ, ob die Summe des allgemeinen Wohlseins nicht von der einen Seite um ebenso viel gewachsen war, als sie von der anderen abgenommen hatte.

Jeronimo nahm Josephen, nachdem sich beide in diesen Betrachtungen stillschweigend erschöpft hatten, beim Arm, und führte sie mit unaussprechlicher Heiterkeit unter den schattigen Lauben des Granatwaldes auf und nieder. Er sagte ihr, daß er, bei dieser Stimmung der Gemüter und dem Umsturz aller Verhältnisse, seinen Entschluß, sich nach Europa einzuschiffen, aufgebe; daß er vor dem Vizekönig, der sich seiner Sache immer günstig gezeigt, falls er noch am Leben sei, einen Fußfall wagen würde; und daß er Hoffnung habe (wobei er ihr einen Kuß aufdrückte), mit ihr in Chili zurückzubleiben. Josephe antwortete, daß ähnliche Gedanken in ihr aufgestiegen wären; daß auch sie nicht mehr, falls ihr Vater nur noch am Leben sei, ihn zu versöhnen zweifle; daß sie aber statt des Fußfalles lieber nach La Conception zu gehen, und von dort aus schriftlich das Versöhnungsgeschäft mit dem Vizekönig zu betreiben rate, wo man auf jeden Fall in der Nähe des Hafens wäre, und für den besten, wenn das Geschäft die erwünschte Wendung nähme, ja leicht wieder nach St. Jago zurückkehren könnte. Nach einer kurzen Überlegung gab Jeronimo der Klugheit dieser Maßregel seinen Beifall, führte sie noch ein wenig, die heitern Momente der Zukunft überfliegend, in den Gängen umher, und kehrte mit ihr zur Gesellschaft zurück.

Inzwischen war der Nachmittag herangekommen, und die Gemüter der herumschwärmenden Flüchtlinge hatten sich, da die Erdstöße nachließen, nur kaum wieder ein wenig beruhigt, als sich schon die Nachricht verbreitete, daß in der Dominikanerkirche, der einzigen, welche das Erdbeben verschont hatte, eine feierliche Messe von dem Prälaten des Klosters selbst gelesen werden würde, den Himmel um Verhütung ferneren Unglücks anzuflehen.

Das Volk brach schon aus allen Gegenden auf, und eilte in Strömen zur Stadt. In Don Fernandos Gesellschaft ward die Frage aufgeworfen, ob man nicht auch an dieser Feierlichkeit Teil nehmen, und sich dem allgemeinen Zuge anschließen solle? Donna Elisabeth erinnerte, mit einiger Beklemmung, was für ein Unheil gestern in der Kirche vorgefallen sei; daß solche Dankfeste ja wiederholt werden würden, und daß man sich der Empfindung alsdann, weil die Gefahr schon mehr vorüber wäre, mit desto größerer Heiterkeit und Ruhe überlassen könnte. Josephe äußerte, indem sie mit einiger Begeisterung sogleich aufstand, daß sie den Drang, ihr Antlitz vor dem Schöpfer in den Staub zu legen, niemals lebhafter empfunden habe, als eben jetzt, wo er seine unbegreifliche und erhabene Macht so entwickle. Donna Elvire erklärte sich mit Lebhaftigkeit für Josephens Meinung. Sie bestand darauf, daß man die Messe hören sollte, und rief Don Fernando auf, die Gesellschaft zu führen, worauf sich alles, Donna Elisabeth auch, von den Sitzen erhob. Da man jedoch letztere, mit heftig arbeitender Brust, die kleinen Anstalten zum Aufbruche zaudernd betreiben sah, und sie, auf die Frage: was ihr fehle? antwortete: sie wisse nicht, welch eine unglückliche Ahndung in ihr sei? so beruhigte sie Donna Elvire, und forderte sie auf, bei ihr und ihrem kranken Vater zurückzubleiben. Josephe sagte: so werden Sie mir wohl, Donna Elisabeth, diesen kleinen Liebling abnehmen, der sich schon wieder, wie Sie sehen, bei mir eingefunden hat. Sehr gern, antwortete Donna Elisabeth, und machte Anstalten ihn zu ergreifen; doch da dieser über das Unrecht, das ihm geschah, kläglich schrie, und auf keine Art darein willigte, so sagte Josephe lächelnd, daß sie ihn nur behalten wolle, und küßte ihn wieder still. Hierauf bot Don Fernando, dem die ganze Würdigkeit und Anmut ihres Betragens sehr gefiel, ihr den Arm; Jeronimo, welcher den kleinen Philipp trug, führte Donna Constanzen; die übrigen Mitglieder, die sich bei der Gesellschaft eingefunden hatten, folgten; und in dieser Ordnung ging der Zug nach der Stadt.

Sie waren kaum funfzig Schritte gegangen, als man Donna Elisabeth welche inzwischen heftig und heimlich mit Donna Elvire gesprochen hatte. Don Fernando! rufen hörte, und dem Zuge mit unruhigen Tritten nacheilen sah. Don Fernando hielt, und kehrte sich um; harrte ihrer, ohne Josephen loszulassen, und fragte, da sie, gleich als ob sie auf sein Entgegenkommen wartete, in einiger Ferne stehen blieb: was sie wolle? Donna Elisabeth näherte sich ihm hierauf, obschon, wie es schien, mit Widerwillen, und raunte ihm, doch so, daß Josephe es nicht hören konnte, einige Worte ins Ohr. Nun? fragte Don Fernando: und das Unglück, das daraus entstehen kann? Donna Elisabeth fuhr fort, ihm mit verstörtem Gesicht ins Ohr zu zischeln. Don Fernando stieg eine Röte des Unwillens ins Gesicht; er antwortete: es wäre gut! Donna Elvire möchte sich beruhigen; und führte seine Dame weiter. -

Als sie in der Kirche der Dominikaner ankamen, ließ sich die Orgel schon mit musikalischer Pracht hören, und eine unermeßliche Menschenmenge wogte darin. Das Gedränge erstreckte sich bis weit vor den Portalen auf den Vorplatz der Kirche hinaus, und an den Wänden hoch, in den Rahmen der Gemälde, hingen Knaben, und hielten mit erwartungsvollen Blicken ihre Mützen in der Hand. Von allen Kronleuchtern strahlte es herab, die Pfeiler warfen, bei der einbrechenden Dämmerung, geheimnisvolle Schatten, die große von gefärbtem Glas gearbeitete Rose in der Kirche äußerstem Hintergrunde glühte, wie die Abendsonne selbst, die sie erleuchtete, und Stille herrschte, da die Orgel jetzt schwieg, in der ganzen Versammlung, als hätte keiner einen Laut in der Brust. Niemals schlug aus einem christlichen Dom eine solche Flamme der Inbrunst gen Himmel, wie heute aus dem Dominikanerdom zu St. Jago; und keine menschliche Brust gab wärmere Glut dazu her, als Jeronimos und Josephens!

Die Feierlichkeit fing mit einer Predigt an, die der ältesten Chorherren einer, mit dem Festschmuck angetan, von der Kanzel hielt. Er begann gleich mit Lob, Preis und Dank, seine zitternden, vom Chorhemde weit umflossenen Hände hoch gen Himmel erhebend, daß noch Menschen seien, auf diesem, in Trümmer zerfallenden Teile der Welt, fähig, zu Gott empor zu stammeln. Er schilderte, was auf den Wink des Allmächtigen geschehen war; das Weltgericht kann nicht entsetzlicher sein; und als er das gestrige Erdbeben gleichwohl, auf einen Riß, den der Dom erhalten hatte, hinzeigend, einen bloßen Vorboten davon nannte, lief ein Schauder über die ganze Versammlung. Hierauf kam er, im Flusse priesterlicher Beredsamkeit, auf das Sittenverderbnis der Stadt; Greuel, wie Sodom und Gomorrha sie nicht sahen, straft' er an ihr; und nur der unendlichen Langmut Gottes schrieb er es zu, daß sie noch nicht gänzlich vom Erdboden vertilgt worden sei.

Aber wie dem Dolche gleich fuhr es durch die von dieser Predigt schon ganz zerrissenen Herzen unserer beiden Unglücklichen, als der Chorherr bei dieser Gelegenheit umständlich des Frevels erwähnte, der in dem Klostergarten der Karmeliterinnen verübt worden war; die Schonung, die er bei der Welt gefunden hatte, gottlos nannte, und in einer von Verwünschungen erfüllten Seitenwendung, die Seelen der Täter, wörtlich genannt, allen Fürsten der Hölle übergab! Donna Constanze rief, indem sie an Jeronimos Armen zuckte: Don Fernando! Doch dieser antwortete so nachdrücklich und doch so heimlich, wie sich beides verbinden ließ: »Sie schweigen, Donna, Sie rühren auch den Augapfel nicht, und tun, als ob Sie in eine Ohnmacht versunken; worauf wir die Kirche verlassen.« Doch, ehe Donna Constanze diese sinnreiche zur Rettung erfundene Maßregel noch ausgeführt hatte, rief schon eine Stimme, des Chorherrn Predigt laut unterbrechend, aus: Weichet fern hinweg, ihr Bürger von St. Jago, hier stehen diese gottlosen Menschen! Und als eine andere Stimme schreckenvoll, indessen sich ein weiter Kreis des Entsetzens um sie bildete, fragte: wo? hier! versetzte ein Dritter, und zog, heiliger Ruchlosigkeit voll, Josephen bei den Haaren nieder, daß sie mit Don Fernandos Sohne zu Boden getaumelt wäre, wenn dieser sie nicht gehalten hätte. »Seid ihr wahnsinnig?« rief der Jüngling, und schlug den Arm um Josephen: »ich bin Don Fernando Ormez, Sohn des Kommandanten der Stadt, den ihr alle kennt.« Don Fernando Ormez? rief, dicht vor ihn hingestellt, ein Schuhflicker, der für Josephen gearbeitet hatte, und diese wenigstens so genau kannte, als ihre kleinen Füße. Wer ist der Vater zu diesem Kinde? wandte er sich mit frechem Trotz zur Tochter Asterons. Don Fernando erblaßte bei dieser Frage. Er sah bald den Jeronimo schüchtern an, bald überflog er die Versammlung, ob nicht einer sei, der ihn kenne? Josephe rief, von entsetzlichen Verhältnissen gedrängt: dies ist nicht mein Kind, Meister Pedrillo, wie Er glaubt; indem sie, in unendlicher Angst der Seele, auf Don Fernando blickte: dieser junge Herr ist Don Fernando Ormez, Sohn des Kommandanten der Stadt, den ihr alle kennt! Der Schuster fragte: wer von euch, ihr Bürger, kennt diesen jungen Mann? Und mehrere der Umstehenden wiederholten: wer kennt den Jeronimo Rugera? Der trete vor! Nun traf es sich, daß in demselben Augenblicke der kleine Juan, durch den Tumult erschreckt, von Josephens Brust weg Don Fernando in die Arme strebte. Hierauf: Er *ist* der Vater! schrie eine Stimme; und: er *ist* Jeronimo Rugera! eine andere; und: sie *sind* die gotteslästerlichen Menschen! eine dritte; und: steinigt sie! steinigt sie! die ganze im Tempel Jesu versammelte Christenheit! Drauf jetzt Jeronimo: Halt! Ihr Unmenschlichen! Wenn ihr den Jeronimo Rugera sucht: hier ist er! Befreit jenen Mann, welcher unschuldig ist! -

Der wütende Haufen, durch die Äußerung Jeronimos verwirrt, stutzte; mehrere Hände ließen Don Fernando los; und da in demselben Augenblick ein Marine-Offizier von bedeutendem Rang herbeieilte, und, indem er sich durch den Tumult drängte, fragte: Don Fernando Ormez! Was ist Euch widerfahren? so antwortete dieser, nun völlig befreit, mit wahrer heldenmütiger Besonnenheit: »Ja, sehen Sie, Don Alonzo, die Mordknechte! Ich wäre verloren gewesen, wenn dieser würdige Mann sich nicht, die rasende Menge zu beruhigen, für Jeronimo Rugera ausgegeben hätte. Verhaften Sie ihn, wenn Sie die Güte haben wollen, nebst dieser jungen Dame, zu ihrer beiderseitigen Sicherheit; und diesen Nichtswürdigen«, indem er Meister Pedrillo ergriff, »der den ganzen Aufruhr angezettelt hat!« Der Schuster rief: Don Alonzo Onoreja, ich frage Euch auf Euer Gewissen, ist dieses Mädchen nicht Josephe Asteron? Da nun Don Alonzo, welcher

Josephen sehr genau kannte, mit der Antwort zauderte, und mehrere Stimmen, dadurch von neuem zur Wut entflammt, riefen: sie ists, sie ists! und: bringt sie zu Tode! so setzte Josephe den kleinen Philipp, den Jeronimo bisher getragen hatte, samt dem kleinen Juan, auf Don Fernandos Arm, und sprach: gehn Sie, Don Fernando, retten Sie Ihre beiden Kinder, und überlassen Sie uns unserm Schicksale!

Don Fernando nahm die beiden Kinder und sagte: er wolle eher umkommen, als zugeben, daß seiner Gesellschaft etwas zu Leide geschehe. Er bot Josephen, nachdem er sich den Degen des Marine-Offiziers ausgebeten hatte, den Arm, und forderte das hintere Paar auf, ihm zu folgen. Sie kamen auch wirklich, indem man ihnen, bei solchen Anstalten, mit hinlänglicher Ehrerbietigkeit Platz machte, aus der Kirche heraus, und glaubten sich gerettet. Doch kaum waren sie auf den von Menschen gleichfalls erfüllten Vorplatz derselben getreten, als eine Stimme aus dem rasenden Haufen, der sie verfolgt hatte, rief: dies ist Jeronimo Rugera, ihr Bürger, denn ich bin sein eigner Vater! und ihn an Donna Constanzens Seite mit einem ungeheuren Keulenschlage zu Boden streckte. Jesus Maria! rief Donna Constanze, und floh zu ihrem Schwager; doch: Klostermetze! erscholl es schon, mit einem zweiten Keulenschlage, von einer andern Seite, der sie leblos neben Jeronimo niederwarf. Ungeheuer! rief ein Unbekannter: dies war Donna Constanze Xares! Warum belogen sie uns! antwortete der Schuster; sucht die rechte auf, und bringt sie um! Don Fernando, als er Constanzens Leichnam erblickte, glühte vor Zorn; er zog und schwang das Schwert, und hieb, daß er ihn gespalten hätte, den fanatischen Mordknecht, der diese Greuel veranlaßte, wenn derselbe nicht, durch eine Wendung, dem wütenden Schlag entwichen wäre. Doch da er die Menge, die auf ihn eindrang, nicht überwältigen konnte: leben Sie wohl,

Don Fernando mit den Kindern! rief Josephe - und: hier mordet mich, ihr blutdürstenden Tiger! und stürzte sich freiwillig unter sie, um dem Kampf ein Ende zu machen. Meister Pedrillo schlug sie mit der Keule nieder. Darauf ganz mit ihrem Blute besprützt: schickt ihr den Bastard zur Hölle nach! rief er, und drang, mit noch ungesättigter Mordlust, von neuem vor.

Don Fernando, dieser göttliche Held, stand jetzt, den Rücken an die Kirche gelehnt; in der Linken hielt er die Kinder, in der Rechten das Schwert. Mit jedem Hiebe wetterstrahlte er einen zu Boden; ein Löwe wehrt sich nicht besser. Sieben Bluthunde lagen tot vor ihm, der Fürst der satanischen Rotte selbst war verwundet. Doch Meister Pedrillo ruhte nicht eher, als bis er der Kinder eines bei den Beinen von seiner Brust gerissen, und, hochher im Kreise geschwungen, an eines Kirchpfeilers Ecke zerschmettert hatte. Hierauf ward es still, und alles entfernte sich. Don Fernando, als er seinen kleinen Juan vor sich liegen sah, mit aus dem Hirne vorquellenden Mark, hob, voll namenlosen Schmerzes, seine Augen gen Himmel.

Der Marine-Offizier fand sich wieder bei ihm ein, suchte ihn zu trösten, und versicherte ihn, daß seine Untätigkeit bei diesem Unglück, obschon durch mehrere Umstände gerechtfertigt, ihn reue; doch Don Fernando sagte, daß ihm nichts vorzuwerfen sei, und bat ihn nur, die Leichname jetzt fortschaffen zu helfen. Man trug sie alle, bei der Finsternis der einbrechenden Nacht, in Don Alonzos Wohnung, wohin Don Fernando ihnen, viel über das Antlitz des kleinen Philipp weinend, folgte. Er übernachtete auch bei Don Alonzo, und säumte lange, unter falschen Vorspiegelungen, seine Gemahlin von dem ganzen Umfang des Unglücks zu unterrichten; einmal, weil sie krank war, und dann, weil er auch nicht wußte, wie sie sein Verhalten bei dieser Begebenheit beurteilen würde; doch kurze Zeit nachher, durch einen Besuch zufällig von allem, was geschehen war, benachrichtigt, weinte diese treffliche Dame im Stillen ihren mütterlichen Schmerz aus, und fiel ihm mit dem Rest einer erglänzenden Träne eines Morgens um den Hals und küßte ihn. Don Fernando und Donna Elvire nahmen hierauf den kleinen Fremdling zum Pflegesohn an; und wenn Don Fernando Philippen mit Juan verglich, und wie er beide erworben hatte, so war es ihm fast, als müßt er sich freuen.

Heinrich von Kleist (1777-1811), Illustration von Peter Friedel (1801)